AF461678

17 Octobre 1906

Marqué P

TABLEAUX ANCIENS

DESSINS, PASTELS

OBJETS D'ART

& D'AMEUBLEMENT

HOTEL DROUOT

SALLE N 11

Vente du Mercredi 17 Octobre 1906

à deux heures

DEVAMBEZ
GRAVEUR, ÉDITEUR D'ART
Paris

HOTEL DROUOT

SALLE N° 11

Vente du Mercredi 17 Octobre 1906

à 2 heures précises

I.

VENTE APRÈS DÉCÈS

DE

M. BONVALET

SANS ATTRIBUTION DE QUALITÉ

TABLEAUX, DESSINS, GRAVURES

FAÏENCES &

PORCELAINES ANCIENNES

Objets d'Art & de Curiosité — Bronzes d'Art & d'Ameublement — Sièges & Meubles Anciens, &c., &c...

II.

VENTE VOLONTAIRE

A LA REQUÊTE DE

M. BONVALET Fils

TABLEAUX ANCIENS & MODERNES

Aquarelles — Dessins — Objets de Curiosité Bronzes — Meubles Anciens, &c., &c...

EXPOSITION PUBLIQUE

Le Mardi 16 Octobre 1906, de 1 h. 1/2 à 5 h. 1/2

COMMISSAIRE-PRISEUR :

Me LIÉGARD, 21, rue Bergère

EXPERTS :

MM. M. PAULME & B. LASQUIN, Fils

10, rue Chauchat — PARIS — 12, rue Laffitte

1

Conditions de la Vente

Elle sera faite expressément au comptant.

Les adjudicataires paieront **dix pour cent** *en sus des prix d'adjudications.*

L'Exposition publique permettant aux amateurs de se rendre compte de la nature et de l'état des objets mis en vente, aucune réclamation, pour quelque cause que ce soit, ne sera admise une fois l'adjudication prononcée.

I° VENTE APRÈS DÉCÈS

de M. BONVALET

sans attribution de qualité

CATALOGUE

DES

FAÏENCES

& PORCELAINES ANCIENNES

DE

Chine — Delft — Hochst — Inde — Italie
Japon — Lorraine — Marseille — Meissen
Nevers — Rouen — Strasbourg, etc., etc.

TABLEAUX, DESSINS ET GRAVURES

OBJETS D'ART

& DE CURIOSITÉ

Statuettes en bois, bronze, terre-cuite
Objets divers
Bronzes d'ameublement
Meubles anciens
Sièges, etc.

DONT LA VENTE AUX ENCHÈRES PUBLIQUES
aura lieu

HOTEL DROUOT — SALLE N° 11

Le Mercredi 17 Octobre 1906

A 2 HEURES

COMMISSAIRE-PRISEUR

Me LIÉGARD, 21, rue Bergère

EXPERTS

MMes M. PAULME et B. LASQUIN Fils

10, rue Chauchat PARIS 12, rue Laffitte

FAÏENCES &
PORCELAINES ANCIENNES

---

1. **Allemagne.** — Bouteille à surprise, à deux compartiments; grès gaufré sous couverte ; fleurs de lis et ornements divers.

2. — Vase-fontaine orné en relief de branchages, fleurs de lis et petits animaux ; sur le couvercle figure grotesque de Bacchus.

3. **Chine.** — Paire de petits cornets en céladon.

4. — Grand pot cylindrique couvert, décor bleu à personnages.

5. — Bol décoré en couleur de sujets aquatiques et de pêcheurs dans des barques; monture en bronze.

6. — Deux petits plats creux ronds décorés de dragons dans les flammes sur fond bleu.

7. — Plat à barbe décoré en couleur; au fond médaillon avec volatiles; au marli rinceau de fleurs sur fond vert piqué avec réserves de paysages et fleurs.

8. — Plat rond décoré en émaux de couleur; au fond, paysage arbustes, volatiles; au marli bordure à quadrillés, carrelages et petites réserves avec fleurs.

9. — Statuette de danseur debout sur un dauphin; grès émaillé.

10. — Statuette de Divinité assise, en blanc.

11. — Deux figurines de Chinois accroupis, grès émaillé en partie.

12. — Perroquet perché sur un rocher, décoré en couleur, au naturel.

13. **Delft**. — Trois plats; décor bleu.

14. — Cachepot, décor polychrome.

15. — Bouteille renflée au col; décor bleu.

16. — Assiette; décor polychrome : branches fleuries, oiseaux et insectes.

17. — Assiette à bords festonnés; au centre sujet à personnages en bleu; au marli, lambrequin polychrome.

18. — Applique, décor bleu — deux perroquets décorés au naturel.

19. **Flandre**. — Statuette en terre émaillée; jeune fille aux chiens.

20. — Deux cruches formées de figurines de femmes; grès émaillé.

21. — **Hochst**. — Deux figurines faisant pendants, décorées en couleur.

22. **Inde**. — Fontaine couverte reposant sur trois pieds-consoles; décor polychrome en relief.

23. — Assiette avec armoirie au centre; petite bordure et branches fleuries.

24. Plat ovale; bouquet de fleurs au centre, bordures au pourtour.

25. **Italie**. — Deux médaillons-appliques : saints.

26. — Deux plaques de revêtement rectangulaires; sujets à personnages.

27. — Plaque ronde décorée d'un paysage.

28. — Deux compotiers décorés en couleur : sujets bibliques.

29. — Assiette; sujet mythologique.

30. — Plateau à piédouche décoré d'arabesques.

31. **Japon**. — Plat octogone décoré en couleur.
Plat à barbe, décor polychrome.

32. **Lorraine.** — Deux sucriers à poudre en forme de fruits avec couvercles ajourés sur plateaux simulant des feuilles.

33. **Lunéville.** — Statuette de Flore; jeune femme debout tenant une couronne de fleurs.

34. **Marseille.** — Coq, grandeur nature, formant soupière ou légumier, décoré au naturel.

35. — Soupière couverte formée d'un choux décoré au naturel.

36. — Assiette avec noix en relief, décorée au naturel.

37. — Veilleuse à décor polychrome à imbrications et fleurs.

38. — Beurrier, formé d'une botte d'asperges.

39. **Meissen.** — La cueillette, groupe de trois figures, décoré en couleur.

40. — Cygne, décoré au naturel.

41. **Midi** (de la France). — Assiette à bords et marli festonnés; décor en couleur, fleurettes au marli, amours au centre.

42. **Nevers.** — Plat rond à fond bleu; décor de feuillages et fleurs en couleur.

43. **Pallissy** (suite de). — Plat orné de poissons et reptiles en relief.

44. **Rouen.** — Pichet, décor polychrome avec inscription : Nicolas Leroux 1762.

45. — Saucière: décor à fleurs.

46. — Grand plat rond à décor polychrome, de style rayonnant: riche rosace au centre et large lambrequin au marli.

47. — Bannette oblongue à bords mouvementés décorée en couleur: au centre, paysage avec pagodes, arbustes et rochers dans le goût chinois; marli à carrelages avec fleurs et réserves : marque G. 3. (Guillibaud?)

48. **Saint-Cloud** (pâte tendre). — Huit couteaux ou fourchettes avec manches en porcelaine à décor bleu.

49. **Sèvres** (pâte dure). — Paire de petits cachepots jardinières à deux anses; décor à bouquets de fleurs en couleur.

50. **Strasbourg.** — Plat rond, décor à fleurs.

51. — Petit cachepot, fleurs; autre plus grand.

52. — Plateau ovale et deux corbeilles ajourées, décorés de fleurs.

53. — Sous ce numéro : faïences et porcelaines non cataloguées.

TABLEAUX

DESSINS, GRAVURES, ETC.

---

54. — Environ dix pièces, dessins, aquarelles et lithographies sous verre.

55. — Deux feuillets d'antiphonaire en parchemin du XVIe siècle.

BARILLOT

55 *bis*. — Vaches au pâturage.

CABAT

56. — Bord de rivière animé de personnages et animaux.

Aquarelle.

CALLOT (Jacques)

57. — **Mendiant et mendiante.**

Deux dessins à la plume.

CARAVAGE (*D'après*)

58. — **Incrédulité de saint Thomas.**

Gravure dans un cadre en écaille rouge et ébène de l'époque Louis XIII.

DAUMIER

59. — **Les Châtiments.**

Lithographie numérotée 62 avec les signatures autographes de Daumier et Victor Hugo.

DE DREUX (Alfred)

60. — **Chasse à courre.**

Deux dessins au crayon rehaussé de blanc.

FEUCHÈRE

61. — **Étude d'homme.**

Dessin à la sanguine daté 1844

HUET (J.-B.)

62. — **Animaux dans un paysage.**

Dessin à la plume et lavis signé, daté 1774. H. 0,23, L. 0,33.

JACQUE (Charles)

63. — La bergerie.

Eau-forte avant toute lettre, porte au crayon : « Épreuve de Monsieur Bonvalet » et la signature.

TONY JOHANNOT

64. — Dessin d'illustrations aux crayons de couleur.

JEANRON

65. — Soldat dormant dans une grange.

Dessin au crayon, signé daté 1831.

RIGAUD (*Attribué à*)

66. — Portrait de Bossuet.

Dessin aux crayons de couleur.

ROBERT (*D'après*)

67. — Deux petites gravures en bistre, ruines avec personnages.

VAN LOO (*D'après* Carl)

68. — La peinture, étude de dessus de porte.

Dessin au crayon rehaussé de blanc.

VILLERET

69. — Place de cathédrale animée de nombreux personnages.

Aquarelle.

VAN DARGENT

70. — Troupeau avec berger.

Dessin au crayon rehaussé de blanc.

École Française

71. — Cavaliers.

Très petite peinture ovale.

École Française du xviiie Siècle

72. — Portrait de Voltaire jeune.

Pastel.

École Hollandaise

73. — Portrait de vieille femme.

Toile.

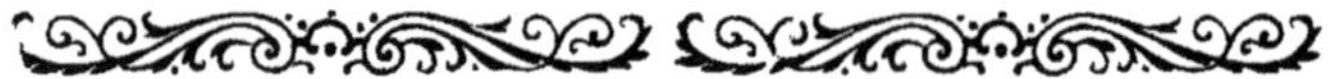

OBJETS DIVERS

---

74. — PETIT CHRIST en ivoire sur croix et socle en bois plaqué de nacre. XVIIe siècle.

75. — PORTE-HUILIER en argent, à palmettes. XIXe siècle.

76. — BOITE oblongue en cuivre avec couvercle orné de deux médaillons et d'armoiries.

77. — ICONE en cuivre : figure de saint personnage.

78. — Sous ce numéro : Verrerie ancienne du XVIIIe siècle : Carafes, carafon, verres dorés ou gravés.

79. — PYRAMIDE reposant sur un socle cubique en *Spath-fluor*. Monture en bronze ciselé et doré. XVIIIe siècle.

80. — Petite poupée articulée automatique; Buste en bois sculpté peint, costume en soie Pompadour. XVIIIe siècle.

81. — Trois statuettes en terre cuite. Maquettes de statues. XIXe siècle.

82. — Deux lions au repos. Maquettes en terre cuite. XVIIIe siècle.

83. — Statuette en bois sculpté : Turc d'Opéra-Comique. Époque Louis XV.

84. — Deux petits bas-reliefs rectangulaires en albâtre : sujets religieux. Cadres ornementés. XVIIe siècle.

85. — Sous ce numéro : *Armes*, couteaux, poignards, corne, défenses de cerfs, etc.

86. — Miroir rectangulaire avec encadrement en bois sculpté. XVIIe siècle.

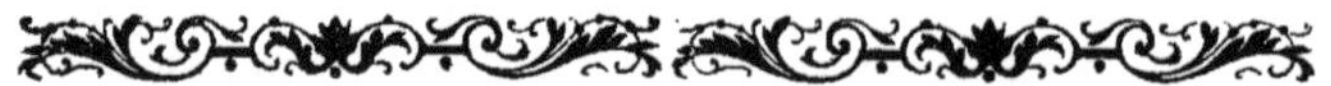

BRONZES D'ART

& D'AMEUBLEMENT

---

87. — Statuette en bronze patiné : *Bailly*, Maison Susse.

88. — Statuette en bronze patiné : *Vénus de Milo.*

89. — Statuette en bronze patiné : *Saint Sébastien.* XVIIe siècle.

90. — Statuette en bronze patiné : *Diane*, socle en marbre, XVIIe siècle.

91. — Cartel-applique en bronze ciselé et doré. Le cadran est marqué de *Gille, l'aîné, à Paris.* Époque Louis XVI.

92. — Paire de bras-appliques à trois lumières rocailles et branchages fleuris en bronze ciselé et doré.

93. — Paire de vases-cornets à section carrée en ancien bronze chinois.

94. — Paire de chenets en bronze ciselé ; modèle à vases et enfants.

95. — Autre paire de chenets en bronze de style Louis XVI.

MEUBLES

96. — Grand fauteuil canné, à haut dossier, en bois sculpté, richement orné de motifs à rinceaux et feuillages. XVIIe siècle.

97. — Table a ouvrage à quatre pieds en bois laqué incrusté de burgau.

98. — Coffret en bois de placage avec tiroirs dans la partie inférieure ; garniture de cuivres découpés et dorés ; il repose sur une petite table-console en bois de placage ornée de bronzes ciselés et dorés. XVIIe et XVIIIe siècles.

II° VENTE VOLONTAIRE

à la requête

de M. BONVALET Fils

CATALOGUE

DES

TABLEAUX

ANCIENS & MODERNES

AQUARELLES, DESSINS

par ou d'après

Boucher — Brissot — Callot — Charlet
De Dreux — De Neuville — Feuchère
Jacque — Jongkind — Pasini
Valin, etc., etc.

OBJETS DE CURIOSITÉ

Bronzes d'ameublement — Meubles anciens, etc.

DONT LA VENTE AUX ENCHÈRES PUBLIQUES
aura lieu

HOTEL DROUOT — SALLE N° 11

Le Mercredi 17 Octobre 1906

A 2 HEURES

COMMISSAIRE-PRISEUR

Me LIÉGARD, 21, rue Bergère

EXPERTS

MMes M. PAULME et B. LASQUIN Fils

10, rue Chauchat PARIS 12, rue Laffitte

4

TABLEAUX
ANCIENS & MODERNES
AQUARELLES
DESSINS, GRAVURES, ETC.

A. R.

99. — Reitre assis auprès d'une futaille.

Aquarelle signée A. R., datée 1838.

BOUCHER (F.)

100. — Jeune femme et enfant donnant une poignée de foin à un âne.

Dessin à la sanguine H. 0.27, L. 0,35.

BOYER (E.)

101. — Paysage avec rivière.

Aquarelle.

BRISSOT

102. — Le Bac.

Toile H. 0,27, L. 0,41

CHARLET (*Attribué à*)

103. — Soldat auprès d'une maisonnette dans la campagne.

Toile.

DE NEUVILLE (A.)

104. — Liberté, Égalité, Fraternité.

Petite esquisse peinte pour la mairie du 3e arrondissement.
Panneau signé, daté déc. 1870. H. 0,26 1/2, L. 0,16 1/2.

FOREST

105. — Paysage avec rivière et moulin.

Toile.

GARNERAY (L.)

106. — Paysage maritime avec volcan.

GUILLEMINOT

107. — **Nature morte.**

Grande toile datée 1846.

JACQUE (Charles)

108. — **Troupeau de porcs au pré.**

Dessin au crayon conté signé daté 1848.

JONGKIND

109. — **Les barques au port ; effet de lune.**

Toile signée datée 1853. H. 0,27. L. 0,40.

LANTARA

110. — **Paysage avec rivière, maisons et personnages.**

Toile signée, datée 1781.

PASINI (A.)

111. — **Caravane dans une oasis.**

Toile signée datée 1856. H. 0,26. D. 0,45.

VALIN (*Attribué à*)

112. — Allégorie du Peuple accueillant la République.

Toile H. 0,53, L. 0,63.

WENIX (*Genre de*)

113. — Nature morte.

Toile.

École Française moderne

114. — Nature morte, livre et bouillotte sur une table.

Toile.

115. — Vaches à l'abreuvoir.

Panneau.

École Française du XVIIIe Siècle

116. — Les écoliers.

Toile.

117. — Nature morte. fleurs, ustensiles de dessin et papier posés sur une table.

Dessus de porte. Toile. H. 0.46. L. 0.82.

École Hollandaise

118. — Chanteurs.

Petite peinture sur bois.

119. — Vénus endormie dans un paysage.

Petite peinture sur bois.

120. — Villes fortifiées au bord d'un fleuve.

Deux petites peintures sur bois faisant pendant.

121. — Intérieur de ferme avec mare et canards.

Panneau.

122. — Vue d'une ville fortifiée avec un saint personnage assis sur un tertre au premier plan.

Petite peinture sur cuivre.

123. Vaches au pâturage.

Panneau.

124. — Scène de marché.

Panneau.

125. — Scène d'intérieur, femme allaitant un enfant.

ÉCOLE ITALIENNE, XVIIe SIÈCLE

126. — Femme et enfants.

OBJETS DE CURIOSITÉ

MEUBLES ANCIENS

127. — Pendule avec socle adhérent en marqueterie d'écaille, cuivre et étain de Ch. Boulle. De forme mouvementée, cintrée à la partie supérieure, ornée de bronzes ciselés et dorés et couronnée d'une figurine de Renommée. Le cadran métallique porte gravée la marque de *Louis Ourry, à Paris*. Epoque de Louis XIV.

128. — Paire de candélabres à cinq lumières en bronze ciselé et doré de style Louis XV.

129. — Petit meuble-bahut en chêne sculpté ouvrant à une porte et plusieurs tiroirs ; il repose sur deux colonnettes et est orné de motifs sculptés en bas-relief. En partie du xvie siècle.

130. — Petit meuble-cabinet reposant sur une table-support à quatre pieds en bois laqué à fond noir avec paysages chinois en dorure; ferrures en cuivre doré. xviiie siècle.

131. — Ameublement de salon composé d'un canapé, quatre bergères, quatre fauteuils et quatre chaises en bois sculpté de style Régence, recouvert en reps.

132. — Piano droit en bois sculpté en bas-relief, avec fragments du xvie siècle.

133. — Pendule en bronze ciselé à vase et cadran tournant, ornée de plaques de porcelaine. Style Louis XVI.

134. — Paire de coupes en porcelaine bleue, genre Sèvres; montures en bronze de style Louis XVI.

135. — Paire de lampes en porcelaine bleu uni; montures en bronze de style Louis XVI.

136. — Lustre en cuivre poli à huit lumières.

137. — Meuble ouvrant à quatre portes, dont les deux supérieures vitrées, et deux tiroirs, en marqueterie de cuivre gravé sur ébène dans le goût de Ch. Boulle. Epoque Louis XIV.

138. — Sous ce numéro : Objets omis au présent catalogue.

www.ingramcontent.com/pod-product-compliance
Ingram Content Group UK Ltd.
Pitfield, Milton Keynes, MK11 3LW, UK
UKHW021039180726
13838UKWH00004B/1892